Préface

Chers enfants de 1972,

Le climat dans lequel nous naissons est plutôt confortable. Certes, la période de grande prospérité économique des pays européens touche à sa fin, avec les premiers chocs pétroliers et l'accroissement de la dépendance énergétique ; et une série d'attentats vient rappeler à la France que la paix sociale n'est jamais acquise définitivement. Mais l'Europe et plus généralement le monde occidental sont sortis de la tourmente des guerres de décolonisation. Ils connaissent une libéralisation des mœurs sans précédent et seront profondément bouleversés par l'avènement de la société de consommation.

Tandis que nos parents débarrassent la société de ses valeurs conservatrices, notre génération semble promise à un avenir où tout est possible. Libéralisation du sexe, révolutions technologiques avec l'arrivée des ordinateurs domestiques et d'Internet, diversification des loisirs avec, par exemple, les colonies de vacances, multiplication des jeux, séries et émissions télévisées destinés aux enfants.

Toutefois, avec notamment l'apparition du sida, la nature semble venir elle-même redessiner les limites que nos aînés avaient repoussées pour nous offrir un autre cadre de vie. Les premières marées noires et des défaillances dans les centrales nucléaires génèrent également de nouvelles inquiétudes, malgré une foi de plus en plus aveugle dans le progrès industriel.

Le sentiment général qui se dégage de notre époque est celui d'une vitesse vertigineuse dans les changements et les innovations. Presque plus rien ne nous semble impossible. Nous apprenons à être exigeants et capricieux. Nous serons des enfants gâtés par les médias, puis des adolescents encore à peine bercés par les conflits idéologiques qui agitaient nos parents : nous assisterons en direct à la fin de la guerre froide et à la chute du mur de Berlin, qui parachève la construction européenne.

Certes, tous les enfants de 1972 n'ont pas vécu ces années-là de la même manière. Mais aucun n'a pu être épargné par cette lame de fond, faite à la fois de liberté et de culte technologique, qui sert déjà de base au XXIe siècle. Les souvenirs, forcément sélectifs, relatés dans ce livre, n'ont pas pour ambition de présenter une vision exhaustive de l'histoire de cette époque, mais de présenter intuitivement les moments « chocs » de ces années qui ont façonné toute une génération, de quelque origine, sociale et géographique, qu'elle fût.

Régis Taranto

1972-1974

La chasse au gaspi

Naître en 1972…

Ce n'est qu'au milieu du XXe siècle que les scientifiques ont fait une découverte aussi étonnante que sensationnelle : le nouveau-né a besoin de sa mère ! Ce qui nous semble aujourd'hui une lapalissade était encore, au début des années 1970, une question scientifique. L'idée qu'il fallait séparer l'enfant de sa mère pour éviter les maladies et ne pas le « gâter » était encore bien ancrée.

Peu à peu, on prend conscience qu'au contraire l'allaitement (y compris le détesté colostrum) et les contacts avec la mère fortifient le bébé et l'aident à développer des anticorps. Cette révolution dans les esprits permet aussi de faire progressivement une place au père, bientôt appelé au chevet de l'accouchement. Le portrait de la nouvelle famille se brosse ainsi dans les couloirs mêmes des hôpitaux…

Chronologie

30 janvier 1972
« Bloody Sunday » en Irlande du Nord : au cours d'une marche en faveur de l'égalité des droits entre catholiques et protestants, quatorze personnes sont abattues par l'armée britannique.

17 juin 1972
Des hommes commandités par le Comité pour la réélection du Président républicain Richard Nixon, venus poser du matériel d'écoute, sont arrêtés dans l'immeuble du Watergate, le siège du Parti démocrate américain.

5 septembre 1972
Lors des jeux Olympiques de Munich, onze membres de l'équipe olympique israélienne sont pris en otage puis assassinés par un commando palestinien.

5 octobre 1972
Jean-Marie Le Pen fonde le Front national (FN).

27 janvier 1973
Des accords de paix signés à Paris préfigurent la fin de la guerre du Vietnam.

11 septembre 1973
Au Chili, le général Pinochet, appuyé par les États-Unis, s'empare du pouvoir grâce à un coup d'État.

18 septembre 1973
Début de l'Ostpolitik du chancelier Willy Brandt : les deux Allemagnes, la RFA et la RDA, entrent simultanément dans l'ONU.

6 octobre 1973
La quatrième guerre israélo-arabe, surnommée « guerre du Kippour », éclate avec l'attaque d'Israël par la Syrie et l'Égypte.

17 octobre 1973
L'Organisation des pays exportateurs de pétrole (Opep) décide d'une hausse du prix du baril et d'une réduction mensuelle de 5 % de la production pétrolière, mises en place jusqu'à ce qu'Israël évacue les territoires occupés et reconnaisse les droits des Palestiniens.

8 mars 1974
Inauguration de l'aéroport Charles de Gaulle à Roissy.

25 avril 1974
Au Portugal, des membres de l'armée initient un mouvement démocratique et reçoivent rapidement le soutien de la foule : c'est la révolution des Œillets.

Mais le début des années 1970 marque aussi un combat contre le fameux précepte biblique : « Tu enfanteras dans la douleur. » Avec le développement de la péridurale, l'accouchement n'est plus un traumatisme naturel et nécessaire.

Tout petit, on comprend que la toupie est une métaphore de la vie.

On n'a jamais trop d'énergie…

La « chasse au gaspi » sera l'obsession de la France des années 1970, frappée coup sur coup par deux chocs pétroliers. Nouveaux-nés, nous ne connaîtrons plus de glorieux que l'étreinte, car nous pourrons faire une croix sur la prospérité économique et la croissance paisible. Les Français sont désormais invités à réduire leurs

Les crises pétrolières ne troublent pas les joyeuses réunions de famille.

dépenses d'énergie au travail comme à la maison : les appareils électriques seront éteints et non laissés en veille, la voiture passera plus de temps dans le garage, le chauffage sera réduit au strict minimum... Le « gaspi » est traqué au nom de l'intérêt particulier comme collectif.

Quand l'individu n'est pas directement sollicité, c'est l'État qui se charge de veiller au grain. La vitesse est limitée sur les routes, les températures de chauffage collectif sont scrupuleusement réglementées, l'isolation des bâtiments est subventionnée... Le grand arsenal anti-gaspillage est sorti. Pourtant, les besoins en pétrole ne diminuent pas. Les pays du Golfe arabo-persique assurent plus du tiers de la production mondiale, et la dépendance énergétique se fait brutalement sentir. À l'image de la France, les États consommateurs se lancent dans des politiques énergétiques alternatives. Ils subventionnent leurs énergies nationales, rendues plus compétitives par l'augmentation du prix du pétrole. C'est le cas du charbon pour l'Allemagne ou l'Angleterre, mais aussi du nucléaire pour la France.

C'est dans ce contexte que, quelques années plus tard, la France adopte l'heure d'été. On cale ainsi les heures d'activité sur les heures d'ensoleillement, ce qui limite les besoins en éclairage artificiel. Depuis nos berceaux, nous ne mesurons pas encore les conséquences de ces mesures, et ne ménageons pas l'énergie de nos parents. Ces mêmes parents ne sont pas pour autant traumatisés : ils se rassurent en se disant qu'en France, « on n'a pas de pétrole, mais on a des idées »...

On se console comme on peut

Si en 1972, on est encore loin de la Wii, on comprend tout de même que ni salle, ni terrain particulier ne sont nécessaires pour faire du sport : un écran de télévision suffit. Quelques branchements, et c'est parti pour un match de ping-pong endiablé ! La société Magnavox lance la première console de jeu à destination des particuliers, Odyssey. Quelques années plus tard, Atari reprend le concept et développe de nombreux jeux destinés à des consoles de salon, dont le fameux Pong.
Le graphisme est épuré au maximum : deux épais traits blancs font office de raquette et quelques pixels forment un palet, que les joueurs se renvoient en espérant marquer des points grâce à une erreur de trajectoire ou à la lenteur de leur adversaire. Le son est également pour le moins basique : les musiciens ne sont pas encore associés au destin des jeux d'arcade.
Pour l'heure, on joue aux consoles de jeu en famille, dans le salon avec ses parents ou ses frères et sœurs, et non tout seul dans sa chambre. Les plus individualistes ont tout de même la possibilité de jouer contre ce qu'on osait encore appeler « l'ordinateur » !

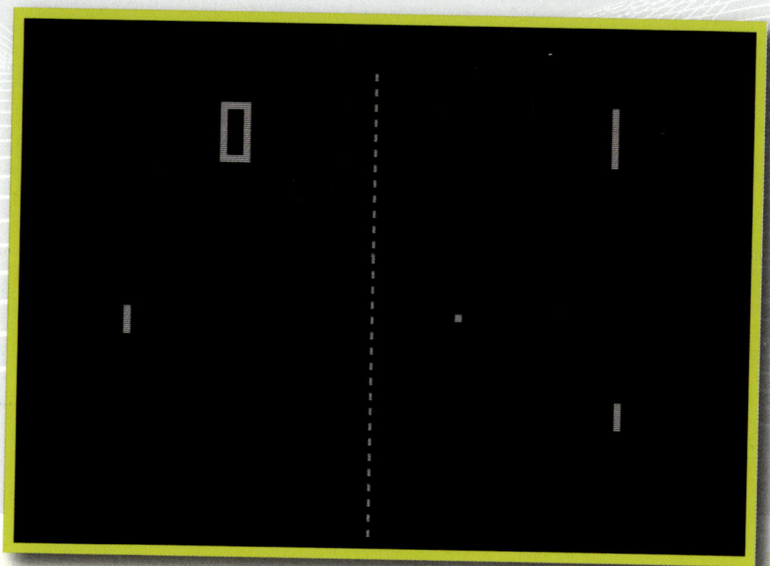

Pong, un graphisme pour le moins épuré.

Au cœur du débat

Au début des années 1970, la télévision, y compris en couleurs, est déjà bien installée dans les foyers. C'est donc un spectacle coloré que l'ORTF propose aux téléspectateurs le 10 mai 1974. Et pas n'importe lequel… Il s'agit du premier débat entre les candidats du second tour de l'élection

On ne peut pas dire que le décor soit trop chargé...

présidentielle, opposant Valéry Giscard d'Estaing à François Mitterrand. Si les échanges entre les candidats restent courtois, les piques ne font pas défaut. 25 millions de téléspectateurs se délectent de ces premières joutes oratoires modernes.

C'est alors qu'est prononcée une phrase historique, qui marquera les consciences : « D'abord, je vais vous dire quelque chose : je trouve toujours choquant et blessant de s'arroger le monopole du cœur. Vous n'avez pas, monsieur Mitterrand, le monopole du cœur, vous ne l'avez pas. [...] J'ai un cœur, comme le vôtre, qui bat à sa cadence, et qui est le mien. » Il est difficile de mesurer l'impact d'une telle phrase, ou de prétendre qu'elle a pu influencer le résultat du scrutin qui donnera Valéry Giscard d'Estaing vainqueur. Les futurs candidats en tireront tout de même une leçon : la télévision est une arme à double tranchant, où chaque phrase prononcée peut s'avérer assassine ou déstabilisatrice.

Au-delà des conséquences que l'intrusion de la télévision dans la vie politique a pu avoir, la tendance est donnée pour les décennies qui vont suivre.

Outre les loisirs, la télévision s'invite dans toutes les sphères de la société. L'histoire n'est plus seulement filmée et diffusée, elle s'écrit en direct, et les différents protagonistes se doivent de soigner leur image et leur talent d'orateur. Avec la disparition de l'ORTF et la multiplication des chaînes de télévision, les programmes se diversifient et plusieurs émissions sont consacrées aux débats de société.

Quoi qu'il en soit, ce premier débat politique de l'entre-deux-tours fait entrer le futur président de la République dans le salon du peuple : cette proximité ne sera plus jamais remise en cause.

Oui, mais si on danse ?

Le fil d'Ariane

Youri Gagarine, Neil Armstrong, Laïka... Le premier homme dans l'espace, le premier homme sur la Lune, la première chienne en orbite... Voilà quelques années que l'espace n'est plus l'apanage de la science-fiction, mais une réalité scientifique et technique tangible, dont les balbutiements sont monopolisés par les Américains et les Soviétiques.
Les Européens entrent en jeu au début des années 1970. Si la France n'a pas les moyens de concurrencer à elle seule les deux grandes puissances, elle peut s'associer avec ses voisins européens. Le climat politique est idéal : la seconde guerre mondiale est loin et l'Europe, bien ancrée dans la paix. Avec le développement des médias, notamment la télévision, et de l'informatique, l'espace ne représente plus seulement un enjeu militaire et de prestige, c'est aussi un terrain commercial inévitable pour les futurs satellites de communication.
Le 31 mai 1973, quinze États européens, dont la France, créent l'Agence européenne spatiale, pour regrouper leurs forces financières et scientifiques. La fusée Ariane sera le fruit des travaux de cette agence. Les politiques ne sont plus à un paradoxe près : s'ils préconisent d'économiser l'énergie, ils lancent des machines volantes au coût et à la consommation énergétique faramineux.
Par ailleurs, les charters se multiplient pour assurer les liaisons intra-européennes. Bien sûr, il ne s'agit pas encore de voyages lointains : les récits des rares voyageurs qui reviennent de Nouvelle-Zélande ou d'Amérique du Sud captent toujours autant l'attention que ceux des astronautes.

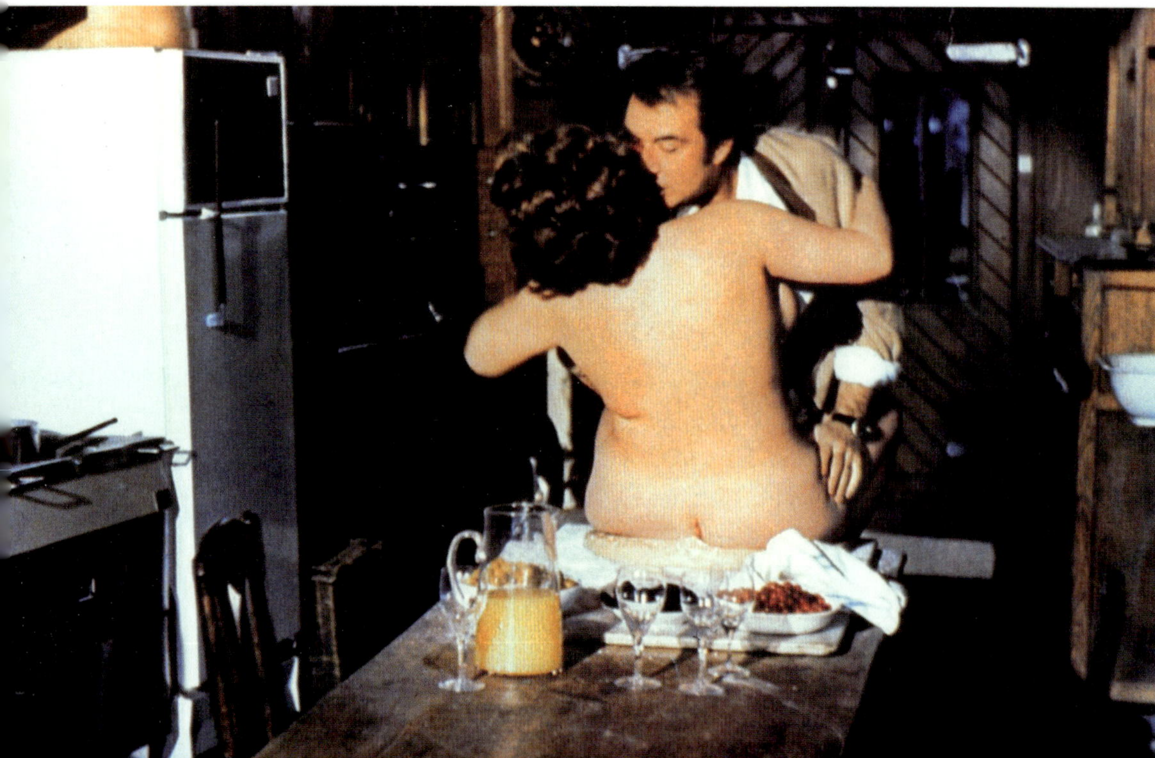

La Grande Bouffe provoque un grand scandale.

Le monde à part du cinéma

Tandis que les politiques et les publicitaires en appellent à la tempérance, le cinéma revendique haut et fort le droit de jouir de la vie sans compromis. Certains réalisateurs européens, essentiellement des Français et des Italiens, semblent s'être donné le mot pour renverser les valeurs rétrogrades qui subsistent dans leurs sociétés post-soixante-huitardes.

En 1973 sort *La Grande Bouffe*, de Marco Ferreri : quatre amis se réunissent le temps d'un week-end pour se livrer à un suicide gastronomique. Le film, qui prône la surconsommation et la décadence morale comme sexuelle, et se livre à une critique acerbe contre la bourgeoisie française, fait scandale. Un an plus tard, Bertrand Blier, dans *Les Valseuses*, fait l'apologie des libertés sexuelle et morale et s'élève lui aussi contre le conformisme petit-bourgeois. Enfin, Bernardo Bertolucci, avec *Le Dernier Tango à Paris*, n'hésite pas à exhiber Marlon Brando et Maria Schneider dans une scène sulfureuse qui fera date, celle de la tablette de beurre utilisée en guise de lubrifiant. Le film, qui se contente pourtant de suggérer sans montrer, sera classé X en France dès 1972 ; l'Italie retirera même ses droits civiques à Bertolucci.

Le cinéma ne se contente plus de provoquer, mais porte réellement atteinte aux mœurs. La mort prématurée de Georges Pompidou contribue également, dans cette période d'incertitude politique, à réduire l'impact d'une censure momentanément privée de cap. C'est dans ce contexte qu'*Emmanuelle*, de Just Jaeckin, sort le 26 juin 1974 : le film offre au cinéma érotique ses premières lettres de noblesse. Il fait exploser le box-office et acquiert une réputation internationale, avec plus de 50 millions de spectateurs dans le monde ; les fauteuils en rotin à large dossier s'arrachent.

Cette effervescence artistique influencera notre éducation : nous venons de naître, mais les cinéastes se sont déjà penchés sur notre berceau pour nous prédire un avenir sybarite.

Jeanne Moreau et Gérard Depardieu dans *Les Valseuses*.

Couleurs et audace

Les meubles qui ont accompagné notre enfance sont beaux ! La preuve, c'est qu'on se les arrache aujourd'hui à prix d'or. Le mobilier populaire de ces années-là est le fleuron du design contemporain : les couleurs flamboyantes sont privilégiées, l'orange est la référence absolue. Le papier peint est très prisé, de préférence avec de grosses fleurs marron sur fond blanc, pour accompagner les couvre-lits et les nappes orange. Le plastique est omniprésent. Les téléviseurs et les téléphones, bleus, verts ou jaunes, ne sont pas en reste.

Les meubles ne sont pas seulement osés dans leur construction, mais s'avèrent aussi solides et fiables. Au début des années 1970, meubles et objets sont en effet conçus selon un principe qui vit ses dernières heures : ils sont faits pour durer ! L'ère de « l'obsolescence programmée » n'a pas encore commencé. De plus, ils ont presque tous une réelle fonction d'usage : on privilégie encore l'utile sur le purement décoratif.

Au début des années 1970, on fume allègrement, déposant sa cendre dans des cendriers en métal qui dégagent une odeur pestilentielle de tabac froid, parfaitement intégrée dans les effluves domestiques. Les grands pren-

Un fauteuil pour trois.

Le Rubik's Cube a été inventé en 1974 et on le porte même sur nos vêtements…

nent des photos avec un Polaroïd, les petits tracent des traits sur une ardoise magique à l'aide de gros boutons blancs, et tous découvrent avec plaisir le Rubik's Cube et ses combinaisons endiablées. Les premières années de notre vie sont marquées par la couleur et l'extravagance : adieu, sobriété !

… Mais encore plus complexe que le Rubik's Cube, il y a le mode d'emploi d'une cocotte-minute.

Alimentaire, mon cher Watson !

La France des années 1970 est prête à renier ses habitudes alimentaires pour entrer de plain-pied dans l'ère du fast-food. Voilà déjà une décennie qu'on peut déguster hamburgers et cheeseburgers dans les Wimpy, mais la démarche est presque aussi culturelle que culinaire : c'est surtout un moyen d'approcher le rêve américain. La décoration est semblable à celle des fast-foods américains, et les juke-boxes à télécommande permettent de choisir sa musique à chaque table. Mais le Wimpy, trop en avance sur son époque, périclite en 1969. Cette philosophie du repas reviendra en France, et cette fois-ci de manière durable, avec l'ouverture du premier McDonald's à Créteil, le 30 juin 1972. Le phénomène est lancé. Plusieurs raisons expliquent son succès : en plus de faire rêver au mode de vie américain, la chaîne s'avère en parfaite adéquation avec le monde contemporain. En effet, les fast-foods s'adaptent aux clients : ils accueillent les familles pour un temps prolongé, comme les hommes d'affaires pour quelques minutes. Les enfants sont choyés, avec des repas spéciaux et des surprises. La lutte pour la nourriture saine et équilibrée a commencé.

Le bandeau dans les cheveux ? Un must.

Audace et couleurs

Ce qui est vrai pour l'ameublement l'est aussi pour les vêtements. Les années 1970 entérinent les revendications de 1968, qui doivent non seulement se voir, mais aussi s'entendre. Les styles vestimentaires et musicaux explosent. Hippies et fans de disco arborent dans les rues leurs tenues chamarrées. Le pantalon devient unisexe, la vente de jeans grimpe en flèche, les hommes portent les cheveux longs et les femmes les cheveux courts. Le pantalon à pattes d'eph', serré aux cuisses et évasé à partir des genoux, devient le symbole d'une génération et un emblème des stars du disco, qui y associent paillettes,

La longueur des pantalons à pattes d'eph' concurrence celle des toboggans.

chaussures à plateformes et cols « pelle à tarte ». Les femmes portent des sabots et de longues tuniques à larges manches, dont les coloris sont inspirés des tissus indiens, roses ou violets. Les bijoux, colliers et bracelets, ne sont plus réservés aux femmes. Les couleurs flashy – jaune, orange, rouge, vert pomme, bleu électrique – s'agrémentent de doré, d'argenté et de strass.

En 1972, Phil Knight et Bill Bowerman lancent Nike. Ce qui n'est alors qu'une marque de chaussures sportives deviendra avec notre génération une référence en chaussures urbaines, avec du plastique, de la couleur et des formes osées...

Les couleurs ? Même pas peur !

1975-1977

Tout pour le collectif

Je ne vais pas jouer tout seul toute la journée.

Un projet qui n'avortera pas

« Qu'a fait le gouvernement lorsqu'un périodique féminin a publié à grand fracas un article scandaleux et des photographies qui l'étaient encore plus, sur le thème : "Avorter, cela est vite fait, cela ne coûte pas cher, cela ne fait pas mal" ? Vous n'avez pas réagi hier. Vous ne réagirez pas davantage demain. N'en doutez pas : déjà, des capitaux sont impatients de s'investir dans l'industrie de la mort,

Chronologie

6 janvier 1975
L'ORTF est remplacé par sept sociétés audiovisuelles publiques.

15 janvier 1975
La loi Veil sur l'avortement est promulguée par le Conseil constitutionnel.

13 avril 1975
La guerre civile éclate au Liban, opposant les Phalangistes chrétiens aux milices palestiniennes.

17 avril 1975
Les Khmers rouges entrent dans Phnom Penh, emmenés par Pol Pot. En quatre ans, le régime instauré par ce dictateur aura fait près de 1,5 million de morts sur la population de 8 millions de personnes que comptait le Cambodge à l'époque.

30 avril 1975
Fin de la guerre du Vietnam avec la chute de Saigon, rebaptisée Hô-Chi-Minh-Ville. Des milliers de Vietnamiens tentent de fuir par bateau : ils seront surnommés les « boat-people ».

1er juillet 1975
La Carte orange est instaurée dans les transports en commun de Paris et d'Île-de-France.

20 novembre 1975
Mort de Francisco Franco, après trente-six ans de dictature.

21 janvier 1976
L'avion supersonique *Concorde* effectue son premier vol commercial.

12 novembre 1976
Le rock français a trouvé son porte-drapeau : Jean-Louis Aubert, Louis Bertignac, Richard Kolinka et Corinne Marienneau donnent le premier concert du groupe Téléphone.

31 janvier 1977
Inauguration du Centre Georges-Pompidou à Paris.

25 mars 1977
Jacques Chirac est élu premier maire de Paris depuis la Commune.

25 mai 1977
La saga « Star Wars », réalisée par George Lucas, arrive sur les écrans. Elle va instaurer une nouvelle mode de la science-fiction.

10 septembre 1977
Dernière exécution capitale en France : Hamida Djandoubi est guillotiné à la prison des Baumettes, à Marseille.

3 ans, c'est l'occasion de montrer ses dents !

et le temps n'est pas loin où nous connaîtrons en France ces "avortoirs" – ces abattoirs – où s'entassent des cadavres de petits d'hommes. »

Le ton est donné. Jean Foyer, ancien garde des Sceaux, président de la Commission des lois, est le premier à prendre la parole contre le projet de loi pour l'interruption volontaire de grossesse porté par Simone Veil. Le débat captive la France et exacerbe les passions, entre les « anti » rassemblés notamment sous la bannière « Laissez-les vivre », et les

Sur les bancs de l'école,
tout devient plus sérieux…

« pro » emmenés par des mouvements féministes. Quelques années auparavant, 343 femmes, dont Catherine Deneuve et Françoise Sagan, avaient signé un manifeste où elles déclaraient avoir avorté, se voyant aussitôt qualifiées de « 343 salopes ». Mais si le débat est collectif et national, l'enjeu est individuel : il s'agit de la liberté pour chaque femme de pouvoir choisir l'avortement.

La majorité de droite, pourtant du même bord que la ministre de la Santé du gouvernement Chirac, est contre l'IVG : il faudra l'appui de la gauche pour renverser la tendance. Sur 490 députés, l'Assemblée ne compte alors que 9 femmes. Mais Simone Veil tiendra bon. Elle fonde son argumentation principalement sur la liberté de disposer de son corps et sur les risques sanitaires et parfois mortels des avortements clandestins.

Le 28 novembre, à la fin de la discussion générale, Simone Veil s'adresse à nouveau aux députés : « Dire non n'est pas toujours la solution du courage. Le courage, parfois, consiste à ouvrir les yeux. » Elle a gagné son combat : le 1er janvier 1975, l'IVG est légalisée. Elle sera remboursée par la Sécurité sociale à partir de 1982.

Un rêve d'autogestion

Nés quelques années après 1968, nous sommes déjà le fruit d'une société qui aspire à plus de liberté en matière de mœurs, sur les plans vestimentaire, artistique, sexuel… mais pas seulement. La France des travailleurs n'a pas dit son dernier mot. L'affaire Lip constitue à cet égard une expérience inédite d'autogestion : celle d'un collectif d'employés qui reprend l'usine à son propre compte et développe la vente sauvage de montres.

En 1973, la société Lip, qui fabrique les premières montres à quartz françaises, dépose le bilan. Les ouvriers résistent, et 12 000 personnes manifestent leur solidarité dans les rues de Besançon (Doubs). Malgré l'intervention des gardes mobiles pour déloger les grévistes de l'usine occupée, le mouvement prend de l'ampleur et les travailleurs d'autres usines environnantes le rejoignent.

En septembre de la même année, 100 000 personnes défilent à Besançon, criant des slogans qui deviendront mythiques, comme : « C'est pas des murs l'usine, c'est d'abord des travailleurs. » Le Premier ministre de l'époque, Pierre Messmer, ne cède pas aux revendications de la rue et annonce : « Lip, c'est fini ! » Pourtant, quelques mois plus tard, Claude Neuschwander, un chef d'entreprise connu pour ses opinions de gauche, reprend l'entreprise. Les accords de Dole sont signés, la grève est terminée.

Les ouvriers de Lip se réunissent pour décider de leur avenir.

La France des bureaux est attentive aux évolutions.

On regardait « Chapi Chapo », mais on avait pensé au *Seigneur des anneaux* avant Peter Jackson.

Mais la victoire des ouvriers de l'usine n'est que passagère. Dans les deux années qui suivent, les difficultés et les dettes s'accumulent. Claude Neuschwander est conduit à démissionner. En avril 1976, l'entreprise dépose de nouveau le bilan. L'usine est de nouveau occupée, la production de montres est relancée. Le quotidien *Libération* titre : « Lip, c'est reparti ! » Toutefois, faute de repreneur, Lip est définitivement liquidée le 12 septembre 1977.

Il ne reste alors plus que six coopératives, dont Les Industries de Palente, dont le nom forme les initiales LIP. Si l'entreprise et ses salariés n'ont pu être sauvés, cette grève, la plus emblématique de l'après-1968, grave dans les esprits l'idée qu'une initiative collective peut changer la donne. Si nous étions trop petits pour assister à ces événements, *Les Lip, l'imagination au pouvoir*, un documentaire de Christian Rouaud sorti au cinéma en 2007, nous donnera l'occasion de revivre ces années qui ont secoué notre enfance.

Masse wanted !

« Tin tin, tin tin, tin tin tin tin tin tin tin tin tin tin… » Battements de cœur, rougeurs et palpitations : le gros poisson blanc jaillit des flots et s'apprête à dévorer les baigneurs. Si Les Dents de la mer *stigmatise les requins de l'océan, il attise les convoitises de ceux d'Hollywood. Pour Steven Spielberg, jeune metteur en scène âgé de 28 ans, le succès sera au rendez-vous. Cette grosse production américaine, sortie sur les écrans français en janvier 1976, marque l'avènement des* blockbusters. *Le terme est vraisemblablement emprunté au vocabulaire anglo-américain de la seconde guerre mondiale, où il désignait la bombe la plus puissante de l'attirail militaire. Désormais, tous les moyens sont bons pour attirer les spectateurs en masse : budgets élastiques, distributions luxueuses, effets spéciaux à gogo, campagnes de publicité incessantes… Le succès commercial de ces superproductions est tel qu'elles sortiront rapidement en cassettes vidéo, devenant ainsi accessibles à un large public, rapidement équipé en magnétoscopes.*

L'industrie cinématographique opère alors un tournant : tandis que les grands studios et les gros exploitants cinématographiques se frottent les mains, le cinéma d'auteur, peu rentable, se voit de plus en plus menacé. Si la France garde une conception romantique du 7e art, le caractère industriel du cinéma est désormais évident pour tout le monde. Les Français resteront toutefois attachés aux comédies et aux films de mœurs caractérisant la french touch, *que nos voisins Européens adorent ou détestent, selon qu'ils apprécient les dialogues ou l'action…*

La vraie vedette ne va plus tarder.

Facile, facile d'être un bébé !

Dans les années 1970, la notion de « collectif » n'implique pas nécessairement un climat de lutte, de provocation ou de revendication. La vie menée ensemble, tous ensemble, peut s'avérer paisible. Et c'est bien ainsi que la communauté d'enfants que nous formons alors vit ses premières années.

La télévision s'occupe de nous et fédère nos jeunes âmes autour de programmes cultes. Nous nous délections déjà depuis 1974 de la série d'animation « Chapi Chapo », avec ses deux personnages coiffés d'un grand chapeau et s'exprimant dans le langage universel et incompréhensible des enfants en bas âge. Le 17 février 1975, nous découvrons avec bonheur « L'Île aux enfants » et notre nouvelle idole, un gentil monstre orange, comme nous le rappelle la chanson inoubliable du générique. Si le fameux gloubi-boulga ne nous fait pas forcément saliver, nous sommes avides de suivre les aventures de Casimir et de ses amis Hippolyte, Julie, François, monsieur du Snob et Léonard...

En septembre de la même année, nous acceptons de partager nos rêves de carrière musicale avec nos parents, devant le petit écran ou directement sur le plateau de l'émission de Jacques Martin, « L'École des fans ». Mais attention, l'école, c'est très sérieux ! Pour preuve, les notes attribuées aux chanteurs en herbe. Certes, ce sont les enfants qui votent et les critères ne relèvent pas d'un programme académique, mais même sans concertation, la moyenne obtenue par les candidats est presque toujours la même : 10 ! Quant aux sceptiques, qu'ils se rappellent la prestation d'une petite fille née un 22 décembre 1972, venue chanter *Je m'appelle Émilie Jolie*... Bien tenté ! Nous découvrirons son vrai nom quelques années plus tard : Vanessa Paradis.

Si le programme ne nous plaît pas, on téléphone pour se plaindre !

L'ordinateur est austère.
Il est conçu pour le travail
et pour lui seul.

Non ! Pas l'ordinateur !

Au mitan des années 1970, les premiers ordinateurs personnels font leur entrée dans la vie de nos parents. Grâce à eux, un réseau de pensées, d'échanges et de savoirs se mettra peu à peu en place. Microsoft naît en 1975, tandis que son plus grand concurrent, MITS, lance le premier ordinateur conçu pour être vendu à des particuliers : l'Altair 8800. Celui-ci sera suivi très rapidement par l'Apple II, le TRS-80 de Tandy et le Commodore. Comment oublier ces monstres blancs à l'écran noir peu amène, que nos parents commencent alors tout juste à acquérir ou à convoiter ?

C'est le temps des disquettes volumineuses et du tout-puissant traitement de texte. Les machines à écrire sont encore fréquentes, mais le bruit des touches et de la petite clochette marquant la fin d'un paragraphe se fait plus rare au fur et à mesure que l'informatique gagne du terrain. Pour le moment, ces machines austères qui nous volent du « temps de parents disponibles » ne nous intéressent pas beaucoup, d'autant qu'elles n'ont encore rien de ludique. L'ordinateur n'est pas pensé pour nous, nous ne pensons pas à lui !

Les décors sont de Roger Hart…

… et les costumes de Donald Cardwell ! Ces deux techniciens acquerront une renommée nationale grâce à l'émission télévisée de Pierre Sabbagh, « Au théâtre ce soir ». Pourtant, le monde des planches devra attendre la fin des années 1980 pour obtenir ses premières grandes distinctions populaires.
En attendant, le 3 avril 1976, la France inaugure la première cérémonie des César, qui vise à récompenser les professionnels du cinéma dans diverses catégories. Réplique française aux superproductions américaines, il s'agit d'une sorte de résistance collective : à l'exception notable du César du meilleur film étranger, la cérémonie a une ambition clairement hexagonale. D'autant que, depuis 1946, le festival de Cannes fait déjà la belle part au cinéma international.
Le nom de « César » est certes un hommage au sculpteur éponyme, auteur du trophée attribué aux vainqueurs, mais c'est aussi un clin d'œil subtil au grand acteur français Raimu et à son rôle dans la trilogie marseillaise de Marcel Pagnol, où il incarne le personnage de César. L'événement sera présidé par Jean Gabin, quelques mois avant sa mort. Le premier César du meilleur film sera attribué à Robert Enrico pour Le Vieux Fusil.

Si on pouvait survoler les autoroutes…

Partir tous en même temps, c'est pas très futé

Tandis que l'automobile et les séjours estivaux en bord de mer sont en pleine expansion, les Français découvrent la joie des embouteillages. Le 2 août 1975, on enregistre 600 kilomètres de bouchon sur les routes de France. Les médias et l'opinion publique commencent à faire pression sur les pouvoirs publics. C'est dans ce contexte que naît Bison futé, le 30 juin 1976.

Cette première campagne visant à réguler la circulation sera menée par le biais d'une mascotte créée par le publicitaire Daniel Robert. Pour les départs en vacances et les longs week-ends, l'objectif de Bison futé

On ne va pas non plus ramer soi-même !

est triple : étaler les déplacements dans le temps, renforcer les itinéraires alternatifs et communiquer avec l'usager. La radio s'avèrera le support d'information le mieux adapté. Le succès est à la clef : l'opération est pérennisée. Elle est toujours d'actualité.

Enfants, nous n'aimons pas beaucoup ces longs trajets en voiture, et encore moins cette attente interminable avant chaque pause pipi. Nous commençons quand même à jouer au jeu des plaques d'immatriculation, et admirons nos parents pour leur connaissance infaillible des départements. Si je vous dis 63, vous me répondez ? Certes, ces histoires d'immatriculation étaient plutôt l'affaire des adultes : nous préférions jouer aux couleurs. La prochaine voiture qui nous double sera rouge, hein, Papa ? (« – 63 ? L'Auvergne. »)

On a toute la vie devant nous

Touchée par la première crise pétrolière, la France se révèle de plus en plus sensible au sujet de l'immigration, d'autant que les pouvoirs publics cherchent à freiner l'immigration économique. C'est dans ce contexte qu'Émile Ajar publie, en septembre 1975, *La Vie devant soi*. Ce roman raconte l'histoire d'un orphelin arabe âgé de 10 ans, Momo, accueilli et élevé par une ancienne prostituée juive, rescapée des camps nazis. Derrière le récit poétique et poignant de Momo se dessine, en filigrane, le portrait de la société de l'époque.

Mais le roman d'Émile Ajar s'avèrera aussi une mystification littéraire unique dans l'histoire du prix Goncourt. Ajar est en effet un pseudonyme derrière lequel se cache Romain Gary, qui a déjà obtenu le prix Goncourt en 1956 pour son roman *Les Racines du ciel*. Ce prix ne peut récompenser un même auteur qu'une seule fois mais, malgré les rumeurs, le pot aux roses ne sera révélé qu'à la mort de l'écrivain, en 1980. Une légende littéraire est née.

On crâne en marinière.

Bingo !

En ces temps de premiers balbutiements du Loto, si je suis encore trop jeune pour miser mes 10 francs d'argent de poche gagnés à la sueur de mon front d'écolier, j'ai par bonheur une grand-mère qui m'associera très tôt à une variante distrayante du Loto : le bingo. Chaque joueur reçoit une carte portant différents numéros : le jeu consiste, sous l'œil attendri de Mamie, à poser les jetons correspondant à ces numéros sur sa carte, au fur et à mesure qu'ils sortent dans un tirage effectué à tour de rôle. Le premier des joueurs à avoir rempli sa grille s'exclame : « Bingo ! »

Si l'enfant est vainqueur, la récompense est ensuite à négocier avec la grand-mère, dont la générosité dépend souvent de l'accord tacite ou de la désapprobation marquée par des parents plus ou moins réfractaires à la génération d'enfants gâtés que nous sommes.

À la caisse d'un kiosque à loto.

100 % des gagnants ont tenté leur chance !

Le 19 mai 1976, le théâtre de l'Empire, à Paris, accueille le premier tirage français du Loto. Plus de 73 000 Franciliens ont coché les grilles de ce nouveau jeu d'argent, et nombre d'entre eux suivent les résultats sur leur poste de télévision. Six numéros à deviner peuvent faire gagner la coquette somme de 64 millions d'anciens francs. Le succès remporté par cette première retransmission historique, lié aux progrès de l'informatique et au nouvel impact de la télévision, ouvre une manne financière conséquente à la Française des jeux. Celle-ci jouit en effet d'un monopole sur les jeux de hasard et de pronostics, à l'exception des courses hippiques.

En jouant une seule grille, la chance de trouver les six bons numéros et de gagner le gros lot est d'environ une sur 14 millions ! Mais cette faible probabilité ne fait pas peur aux joueurs, et le Loto devient rapidement un vrai rendez-vous hebdomadaire national.

1978-1982

Un air de jamais vu

Maintenant, on attend les changements.

Le jour de gloire est arrivé…

Citation de *La Marseillaise* ? Oui, mais pas seulement. La révolution « tranquille » semble en marche, et son fief est parisien. Le 10 mai 1981, François Mitterrand et toute la gauche unie derrière lui remportent les élections présidentielles. À l'heure où dans l'échiquier politique français, la division entre

Chronologie

11 mars 1978
Claude François meurt électrocuté dans sa baignoire à l'âge de 39 ans.

16 mars 1978
Le pétrolier *Amoco Cadiz* s'échoue sur les plages du Finistère et crache 200 000 tonnes de fuel.

16 octobre 1978
Karol Wojtyla, archevêque de Cracovie, est élu pape sous le nom de Jean-Paul II.

1er février 1979
En Iran, l'ayatollah Khomeini proclame la république islamique.

Mars 1979
Deuxième choc pétrolier : le prix du pétrole augmente de 20 %.

6 mars 1979
Marguerite Yourcenar est la première femme élue à l'Académie française.

26 mars 1979
L'Égypte et Israël signent le traité de Washington, qui met fin au conflit débuté en 1948.

14 juillet 1979
Un million de personnes assistent au premier grand concert de Jean-Michel Jarre, place de la Concorde à Paris.

2 novembre 1979
Jacques Mesrine, « l'ennemi public numéro un », est tué par des policiers.

27 décembre 1979
L'Union soviétique intervient en Afghanistan contre les maquisards islamistes. La guerre durera dix ans.

22 septembre 1980
Lech Wałesa fonde le syndicat Solidarnosc.

4 novembre 1980
Aux États-Unis, élection du président républicain Ronald Reagan.

8 décembre 1980
Assassinat de John Lennon par un déséquilibré, Mark David Chapman.

10 mai 1981
François Mitterrand est élu président de la République française.

2 avril 1982
L'Argentine envahit les Malouines, territoire britannique d'outre-mer, et déclenche une guerre.

11 juin 1982
Un gentil extraterrestre au long cou et aux gros yeux globuleux renouvelle le genre de la science-fiction : E.T., de Steven Spielberg, bouleverse petits et grands.

Si l'orange est roi, le jaune ne s'en sort pas mal non plus.

gauche et droite signifie encore quelque chose, les anciens soixante-huitards prennent leur revanche. Et quelle revanche ! La joie explose dans les rues, la place de la République est prise d'assaut...

Les enfants que nous sommes sentent que quelque chose d'important et d'inhabituel vient de se produire. L'ivresse est particulièrement forte dans les familles modestes. Bien sûr, la joie des uns fait le malheur des autres, malheur qui prend chez certains la forme d'une peur panique. Lorsque j'ai téléphoné à ma grand-mère pour partager l'excitation de la victoire, elle s'est contenté de me répondre qu'elle avait caché ses économies de peur que les communistes viennent les lui voler.

Mais revenons quelques secondes à nos fenêtres d'antan pour écouter les rumeurs de la ville : klaxons, hurlements de joie, diatribes contre la droite réactionnaire, rêves formulés à voix haute d'un monde meilleur, plus juste et plus solidaire... La rue collectionne les sourires, quand les médias télévisés ne peuvent plus proposer qu'une soupe à la grimace, celle des journalistes partisans d'un Giscard appartenant désormais au passé.

L'Hexagone fait encore parler de lui, et les États-Unis de Ronald Reagan, aux commandes du gouvernement américain depuis le mois de janvier, de même que le Royaume-Uni de Margaret Thatcher, ne voient pas d'un très bon œil le passage à gauche de leur allié historique. Le bloc soviétique est encore une réalité tangible, et les pays antimarxistes ont froid dans le dos... Mais nous, les enfants, nous sommes loin de saisir tous ces enjeux. Pas plus que nous ne pouvons suivre l'évolution de la guerre en Afghanistan, la situation des otages de Téhéran, ou la dictature d'Augusto Pinochet.

Depuis ma plus tendre enfance, je voulais devenir vétérinaire. Mais à partir du 10 mai 1981, je commence à songer sérieusement à une carrière de président de la République !

Génération Mitterrand : chacun sa roche de Solutré.

L'heure du grand nettoyage des côtes.

Marée noire sur fond bleu

*Au début des années 1970, le pétrole est déjà roi : le pouvoir appartient à ceux qui contrôlent sa distribution et son utilisation. Nombreuses sont les guerres qu'il provoque, mais il engendre aussi quelques premiers ravages écologiques. En 1978, 230 000 tonnes de pétrole se déversent au large des côtes bretonnes, suite au naufrage de l'*Amoco Cadiz*. Cette marée noire n'est pourtant que la petite partie visible de l'iceberg : selon les chiffres communiqués à l'époque, 3,8 millions de tonnes d'hydrocarbures de toutes sortes se répandent annuellement dans les mers et les océans.*

Dans cette course aux catastrophes, le nucléaire n'est pas en reste. Le 28 mars 1979, une fuite radioactive à la centrale de Three Mile Island, en Pennsylvanie, sera considérée comme le plus grave accident nucléaire aux États-Unis. Un an plus tard, c'est au tour de la France de redouter la fusion d'un réacteur de la centrale de Saint-Laurent, située dans le Loir-et-Cher. L'accident sera classé niveau 4 sur l'échelle INES, avec la mention « Accident n'entraînant pas de risque important à l'extérieur du site ». Nous voilà rassurés !

Il n'y a plus qu'à se laisser glisser !

Le temps des réformes et des découvertes

Avec l'arrivée de la gauche au pouvoir, la société subit de grands chamboulements. Les communistes entrent dans le gouvernement, ce qui n'est pas du goût de tout le monde. Les réformes pleuvent : abaissement du temps de travail hebdomadaire de 40 à 39 heures, cinquième semaine de congés payés, série de nationalisations conséquentes (Thomson, Crédit lyonnais, Suez, BNP, Saint-Gobain), décentralisation, abolition de la peine de mort, autorisation des radios locales privées et fin du monopole d'État sur l'audiovisuel, remboursement de l'IVG, hausse du nombre de fonctionnaires...

Le 21 juin 1982, Jack Lang, alors ministre de la Culture, lance la première édition de la fête de la Musique. Sous l'impulsion des PTT, le Minitel, précurseur d'Internet, est largement mis en avant. Les scientifiques peuvent aussi se targuer d'avancées significatives, avec la première greffe d'un cœur artificiel à titre définitif et la naissance du premier bébé-éprouvette français, prénommé Amandine. Jean-Loup Chrétien devient le premier Occidental (hors États-Unis) à aller dans l'espace. Le ton est donné pour la décennie 1980.

Si les Trente Glorieuses s'achèvent, balayées par les crises économiques, plus rien ne peut empêcher les hommes de se jeter dans la frénésie technologique et l'euphorie de la société de loisirs. La plupart d'entre nous jouissent d'un cadre de vie plutôt agréable. Nous sommes loin des oranges que nos parents et leurs propres parents recevaient à Noël. Nous connaissons la mer et d'autres poissons que les versions rectangulaires de la cantine, mais aussi la montagne et les sports d'hiver, largement démocratisés, sans oublier la campagne et les week-ends au vert. La société nous cajole et parfois nous gâte. Rien d'étonnant à ce qu'en atteignant l'âge adulte, certains d'entre nous éprouvent un sentiment de frustration en constatant que la vie n'est pas si simple que ça.

Le camping, un apprentissage.

La (relative) liberté sexuelle

« L'amour… il y a ceux qui en parlent et il y a ceux qui le font. À partir de quoi il m'apparaît urgent de me taire », disait Pierre Desproges. Pour les enfants d'ex-soixante-huitards, la sexualité est bien moins taboue qu'auparavant. Si la gêne reste palpable lorsque nous demandons des explications à nos parents, il nous est plus facile de nous procurer, *via* un grand frère ou un ami plus âgé, des revues spécialisées, utiles pour nourrir les conversations dans la cour de récré. Toutes les conditions semblent réunies pour offrir à notre génération le rêve de nos aînés : une sexualité libre et décomplexée.

C'est mal connaître les caprices de la nature. Le 5 juin 1981, à Atlanta aux États-Unis, le Center for Disease Control est informé de cinq cas graves de pneumonie, bientôt suivis de cas semblables, chez des homosexuels et des toxicomanes. Le virus responsable du sida, HIV, sera isolé pour la première fois en 1983 à l'institut Pasteur, à Paris. La pandémie en est alors déjà à un stade avancé : autour de nous, il est de plus en plus question de la seule méthode de protection efficace, le préservatif.

Pas toujours très bien informés sur les méthodes contraceptives à notre disposition, surtout dans nos plus jeunes années, nous ferons pourtant rapidement entrer les mots « capote anglaise » dans notre vocabulaire. Si elle reste étrange et mystérieuse pour les plus jeunes d'entre nous, elle circule de plus en plus dans les cours d'école et alimente déjà les débats les plus doctes. À ce stade, notre constat est unanime : c'est une très chouette bombe à eau.

Il est encore trop tôt pour mesurer l'impact qu'aura le sida sur la société, mais la maladie sonne déjà comme un cruel rappel à l'ordre pour notre génération, qui n'a pas connu la guerre sur le sol français, a reçu une éducation assez peu sévère, s'est vue bercée par la télévision et l'explosion technologique, et voyait les lendemains pleins de promesses. À cela s'ajouteront encore un fort taux de chômage et la disparition progressive des idéologies révolutionnaires. La nature et les rouages économiques brisent le cadre de vie idéal que nos parents croyaient nous léguer, et il faudra bien vivre avec.

Changements de mœurs ou pas,
nos mamies posent sans complexe.

La photo de classe !

On copie, on dessine, on récite…

Le maître d'école

En octobre 1981, c'est la sortie en salle du film de Claude Berri, *Le Maître d'école*. Cette comédie remporte un succès immédiat. Le personnage principal, interprété par Coluche, licencié par la boutique de vêtements où il était vendeur, décide de devenir instituteur et obtiendra un poste dans une école de banlieue. Si le film est une réussite, ce n'est pas seulement en raison des nombreux acteurs de talent qui y jouent (Charlotte de Turckheim, Josiane Balasko…), mais aussi pour la qualité du portrait de l'instituteur que dresse Claude Berri. Le personnage de Coluche incarne parfaitement la vision que les enfants de la fin des années 1970 ont du maître ou de la maîtresse chargés de les « éveiller à la vie ».

Depuis 1968, le maître d'école n'est plus l'incarnation de la morale toute-puissante, assortie de ses châtiments corporels. Fini les coups de règle sur les doigts et les humiliants bonnets d'âne. L'instituteur a parfois les cheveux

Parfois, après l'école, le cinéma nous attendait…

longs et il lui arrive de porter des jeans. L'ambiance s'est détendue, et si les classes sont un peu plus agitées, le respect n'a pas disparu pour autant. Le maître d'école représente pour beaucoup d'entre nous une sorte d'oncle sympathique et cultivé à qui nous souhaitons faire plaisir en travaillant bien.

… ou une mission dangereuse !

Les gloutons de musique

Dans les années 1980, une évolution technologique engloutit les précieux 45 tours et l'argent de poche des enfants. Pour leur permettre d'écouter le dernier morceau de leurs idoles, un appareil leur est destiné : le mange-disque. Il ne dispose pas de bras de lecture à poser sur le disque, comme le tourne-disque parental – il suffit d'insérer le vinyle dans la fente de l'électrophone. Ce nouvel ami vorace, dont on est si fier qu'on voudrait qu'il se voie le plus possible, s'affuble souvent de couleurs exubérantes : primauté est donnée au vert et à l'orange vif. Seuls les 45 tours peuvent être lus par cet appareil. Inventés à l'origine pour le marché des juke-boxes, ces disques, d'un diamètre de 17,5 centimètres, comportent deux faces : une face A avec la chanson principale, et une face B proposant la plupart du temps une chanson moins importante, voire une version instrumentale ou « karaoké » de la chanson principale.
Or en 1980, quand la musique est bonne (Jean-Jacques Goldman), chacun fait c'qu'il lui plaît (Chagrin d'amour), pas besoin d'être un aventurier (Indochine) pour écouter Cendrillon (Téléphone). Une petite fringale de musique ? Vite, offrons un 45 tours au mange-disque, dont l'appétit est insatiable !

Mon papa est policier !

Le XXIe siècle n'a pas l'apanage de l'agression scolaire. Toutes les générations d'enfants ont eu leur lot d'embêtements dans l'enceinte de l'école (« T'vas voir ta gueule à la récré ! ») ou à sa sortie ; mais aussi leurs propres remèdes. Nos grands-parents détenaient une méthode miraculeuse pour effrayer nos agresseurs potentiels : « Tu n'as qu'à dire que ton papa est policier ! »

Si la formule était tentante, nous sentions bien que la peur du gendarme n'était plus tellement d'actualité. Les structures familiales et sociales se détachaient de plus en plus de l'État. Les médias prenaient de plus en plus de libertés, les parents lâchaient du lest dans leur éducation en réaction au conservatisme contre lequel ils s'étaient rebellés en 1968... Dans les années de l'école primaire, l'agression – si tant est que les souvenirs d'un enfant puissent s'exprimer sans trahir une impression déformée par le passage de l'histoire – débouchait rarement sur un fait divers tragique. À l'exception de quelques canifs, les armes et la drogue étaient encore deux menaces pratiquement inexistantes pour les plus jeunes ; il se développait tout au plus un petit commerce de cigarettes pour les plus précoces, impatients de rejoindre les « grands » au collège.

Notre chambre d'enfant : un sanctuaire.

De vrais jeux d'enfants

Étiez-vous plutôt Playmobil ou Lego ? *Journal de Mickey*, *Spirou magazine* ou *Pif Gadget* ? Joueur de billes ou collectionneur d'images ? Dînette ou corde à sauter ? Dans ces années encore épargnées, ou presque, par les jeux vidéo et autres ingéniosités technologiques, les activités ludiques et stimulantes ne manquent pas. Les billes ont la faveur des cours d'école, et les doux noms désignant nos boulets, calots, mammouths, et autres cylindres de 1,5 à 7 centimètres de diamètre, résonnent encore à nos oreilles : agate, galaxie, pépite, araignée, œil-de-chat, porcelaine… Autant de dénominations cajoleuses pour oublier nos hématomes à l'index chargé de tirer la bille.

Avec l'internationalisation des images autocollantes Panini et les premiers albums de football, la paume de notre main est elle aussi mise à rude épreuve. Pour emporter la mise, il s'agit en effet de frapper le sol pour tenter de retourner la carte. Nos mains sont moites de stress ou de tricheuse salive. Jusqu'à la cloche signifiant la reprise des cours, le temps n'existe plus.

Les jeux de l'école, espace public possédant ses propes règles, sont différents de ceux de la chambre, sanctuaire fonctionnant selon nos rites. Notre territoire est peuplé de Lego, qui titillent nos instincts de constructeurs, et de Playmobils, qui flattent nos penchants de démiurges.

Les personnages et les thèmes évoluent avec les années, aussi bien pour les garçons que pour les filles : ainsi, Barbie n'est plus forcément blonde, même si elle reste blanche. Pas toujours neutres, les jouets et la presse destinée à la jeunesse reflètent parfois les tendances politiques de nos parents, comme le « communiste » *Pif Gadget* et les « capitalistes » *Mickey Parade* et *Picsou Magazine*. Quant à nous, nous sommes surtout contents de découvrir chaque semaine le cadeau surprise de *Pif Gadget* : pois sauteurs du Mexique, couteau de Rahan…

Nous suivons aussi avidement les aventures des Castors juniors, dont nous fredonnons les noms à l'instar de Chantal Goya : Riri, Fifi et Loulou… Grand moment d'enfance, difficilement partageable avec nos voisins européens et leurs Juanito, Jorgito et Jaimito espagnols, Tick, Trick et Track allemands, Huey, Dewey et Louie anglais… Enfin, certains magazines de l'époque échappent aux polémiques politiques et sont loués pour leur caractère éducatif, comme *Astrapi* ou *J'aime lire*. Pas facile de s'ennuyer !

Bien mieux qu'un gadget de *Pif*…

Michel Platini, le symbole d'une génération.

Un avant-goût de 1998

Le 8 juillet 1982, la France entière est devant son petit écran, le cœur serré. Parmi les enfants nés en 1972, deux petits cerveaux en ébullition gardent sans doute de ce moment un souvenir marquant : Lilian Thuram et Zinedine Zidane vivent alors en direct, comme beaucoup de leurs compatriotes, la demi-finale de la Coupe du monde. Elle oppose à l'Allemagne de Karl-Heinz Rummenigge les « Brésiliens de l'Europe », comme on appelait jadis l'équipe de France formée par Michel Platini, Alain Giresse, Jean Tigana… D'une grande densité, le match nous plonge dans un suspense intense. L'Allemagne mène au tableau d'affichage avant l'égalisation sur penalty de Platini : 1 contre 1 à la fin du temps réglementaire.
C'est pourtant un autre événement dans l'événement qui fera couler beaucoup d'encre et provoquera la colère d'un pays uni derrière ses Bleus. Patrick Battiston subira de la part de Harald Schumacher, le gardien de la Mannschaft, *une agression intolérable. Celui-ci heurte des deux poings le visage du défenseur, qui repartira sur une civière. Gonflée à bloc, l'équipe de France marquera alors à deux reprises consécutives. Certains de gagner, les Français s'apprêtent à déboucher le Champagne : la victoire ne peut plus leur échapper. C'est alors que Rummenigge, l'attaquant de l'équipe allemande que l'on avait annoncé blessé, fait son entrée. Le score se resserre et Klaus Fischer enfonce le clou en parvenant à égaliser dans les ultimes minutes de la prolongation. C'est l'épreuve des tirs au but : Didier Six et Maxime Bossis échoueront l'un après l'autre et permettront à l'Allemagne de se hisser en finale, après un match déjà entré dans l'histoire du football mondial.*
C'est finalement l'Italie qui remportera cette coupe organisée dans l'Espagne post-franquiste. Certains fanatiques de football continuent d'attendre une revanche contre l'Allemagne à un tel niveau – revanche manquée quatre ans plus tard, au même stade de la compétition, au Mexique. Quant à l'édition de 1998, elle replongera tout le pays, y compris Zidane, Thuram et les enfants de l'époque, dans l'amour d'une équipe qui a peut-être ses origines en Espagne, un été de 1982…

1983-1986

Un vent de liberté

Les frères Dalton en vacances.

Si c'est la volonté du peuple…

Lorsqu'en 1986, on donne aux Français la possibilité de mettre en œuvre leur liberté politique et d'explorer les incohérences de la Ve République, ils ne se font pas prier. Ainsi lors des élections législatives, tandis que le socialiste François Mitterrand est président de la République depuis 1981, les électeurs choisissent de donner une majorité de droite à l'Assemblée

Chronologie

19 janvier 1983
Maurice Papon est inculpé de crime contre l'humanité.

1er mars 1983
Le premier Compact Disc (CD) est commercialisé en France.

5 juin 1983
Vainqueur de Roland-Garros, Yannick Noah, en larmes, se jette dans les bras de son père et brandit son trophée.

23 juin 1983
Lancement du premier réseau de téléphonie mobile français.

24 janvier 1984
Lancement du Macintosh 128K par Apple Computer Inc.

16 octobre 1984
Assassinat du petit Grégory Villemin.

4 novembre 1984
Naissance de Canal+.

11 mars 1985
Mikhaïl Gorbatchev remplace Konstantin Tchernenko à la tête de l'URSS.

29 mai 1985
Une émeute dans le stade du Heysel à Bruxelles, lors de la finale de la Coupe d'Europe de football, fait 38 morts et 200 blessés.

10 juillet 1985
Les services secrets français font exploser le navire du groupe écologiste Greenpeace, le *Rainbow Warrior*.

14 janvier 1986
Daniel Balavoine meurt dans un accident d'hélicoptère au Mali, pendant le Paris-Dakar.

3-5 février 1986
Série d'attentats à Paris, revendiqués par le Hezbollah pro-iranien.

12 février 1986
Le projet de tunnel sous la Manche est paraphé par Margaret Thatcher et François Mitterrand.

1er mars 1986
Signature de l'Acte unique européen, qui élargit les compétences de la CEE et prépare le Marché unique de 1992.

26 avril 1986
Catastrophe nucléaire de Tchernobyl.

19 juin 1986
Coluche meurt dans un accident de moto.

On ferait comme si on était tous amis.

nationale. Le 20 mars de la même année, Jacques Chirac est donc nommé Premier ministre d'une majorité UDF-RPR.

S'ouvre alors une période inédite : la cohabitation. Il s'agit désormais pour François Mitterrand et Jacques Chirac de coexister institutionnellement malgré des antagonismes politiques marqués. Le général de Gaulle se retourne certainement dans sa tombe, lui pour qui « on ne saurait accepter qu'une dyarchie existât au sommet ».

Mais dans cette situation qui aurait sans doute conduit le général à la démission, François Mitterrand préfère garder la barre. Il espère ainsi à la fois limiter les compromis et user son nouveau partenaire politique. Le Président avait pourtant d'autres choix :

En attendant le droit de vote, on sourit à la vie.

en vertu de l'article 8-1 de la Constitution, il aurait pu nommer un Premier ministre de son bord ou dissoudre l'Assemblée nationale en comptant sur un revirement des électeurs. C'est peut-être sa culture politique qui dissuade Mitterrand de recréer un climat de crise comme celui qui, sous la IIIe République, avait opposé Patrice de Mac Mahon à une majorité parlementaire d'un autre bord.

Si les deux hommes ont parfois du mal à accorder leurs violons et font les choux gras des journaux, notamment les plus satyriques d'entre eux, la cohabitation fonctionne : en matière de politique extérieure, la France parle d'une seule voix. Certes, il y a bien des dossiers, comme les privatisations ou le découpage électoral, sur lesquels aucun compromis n'est trouvé. Mais les deux hommes respectent le jeu démocratique et instaurent déjà les premières règles non écrites qui serviront de lignes directrices aux cohabitations futures.

Certains politiques ne cachent pas leur crainte que les Français finissent par s'habituer à ce phénomène. Car force est de reconnaître que la cohabitation permet de diviser le pouvoir et de réduire bien des tentations de corruption. Constat gênant pour ceux qui ne veulent voir en elle qu'un dysfonctionnement passager.

Terre gagnante !

Pour les enfants de 1972, Roland-Garros est longtemps resté un tournoi international de tennis… suédois ! Il deviendra presque la propriété privée d'une légende de ce sport : Björn Borg. À l'exception des éditions de 1976 et de 1977, Borg vampirise le tournoi du Grand Chelem : de 1974 à 1981, il totalise six victoires. Et quand il perd l'année suivante, c'est pour laisser sa place… à un autre Suédois, Mats Wilander. Le constat est sans appel : sauf exploit, toutes les autres nationalités semblent être d'office, sur cette terre, battues. Un Français a pourtant l'ambition de renverser la tendance, et après son éclatante victoire en quart de finale sur Ivan Lendl, plus personne ne doute de sa motivation : il s'agit de Yannick Noah.
La finale est retransmise à la télévision le 5 juin 1983 ; 18 000 personnes y assistent depuis les gradins. Devant nos yeux ébahis, Yannick Noah remporte le premier set, 6 / 2 ; puis le deuxième, 7 / 5. Dans le troisième set, c'est la balle de match. Mats Wilander fait durer le déplaisir et sauve sa peau. Les joueurs se retrouvent au tie-break : nouvelle balle de match pour le Français, nouvelle frustration. Wilander résiste. La crainte d'un retournement de situation spectaculaire plane…
L'estomac noué, nous suivons le nouveau service de Noah et la troisième balle de match. Le retour de service de Wilander est trop long, l'arbitre indique que la balle du Suédois est sortie du terrain. Le public hurle sa joie, Noah est champion. En larmes, le nouveau héros national se jette dans les bras de son père. Dans les foyers de l'Hexagone, c'est l'euphorie. Sur le plan technique, ce tournoi marque aussi un tournant : Noah sera le dernier joueur à avoir gagné avec une raquette en bois.

Yannick Noah brandit
la coupe de Rolland-Garros.

Étudiants et lycéens chantent en chœur :
« Devaquet, si tu savais, ta réforme… »

On s'expliquera dans la rue

Si les Français s'expriment par les urnes, ils n'en négligent pas pour autant la rue. Les années 1980 redonnent vie aux manifestations politiques. Mais qu'y a-t-il sous les pavés ? Le clivage !

Plus que jamais, la France est divisée entre droite et gauche. Quand le gouvernement de gauche tente de réformer l'enseignement privé, un million de protestataires descendent dans les rues de Paris, le 24 juin 1984. Quand, deux ans plus tard, le gouvernement de droite s'essaie à son tour à une réforme de l'enseignement supérieur, il récolte 600 000 manifestants dans la capitale, majoritairement lycéens et étudiants.

Nous sommes alors au collège, mais nous nous laissons facilement entraîner dans les cortèges lycéens, avec qui nous expérimentons les joies de la contestation populaire. Bien sûr, les enjeux nous échappent, mais nous sommes très fiers de défiler pour notre avenir et de défier la société, dont nous ne connaissons pour le moment qu'une facette éducative, assez contraignante. Tous les parents ne sont pas réceptifs à nos élans révolutionnaires, mais certains nous approuvent tout de même tacitement en signant nos cahiers de correspondance, validant ainsi nos absences. Beaucoup de professeurs ne voient pas ces marches contestataires d'un mauvais œil, et n'hésitent pas à les fermer à l'occasion.

Ainsi, l'attirance des Français pour la rue ne se dément pas. Si la gauche mobilise plus souvent que la droite, il arrive que les clivages s'effacent et que tous les Français défilent ensemble, comme en 1990, pour protester contre la profanation du cimetière juif de Carpentras. En France, la rue reste un moyen d'expression tout à fait traditionnel.

Marx et Engels sentent déjà le changement venir…

À l'Est, du nouveau !

Dans les années 1980, l'Europe, comme le monde, est divisée en deux blocs. Ronald Reagan qualifie encore l'Union soviétique d'« Empire du mal ». La France et son gouvernement en partie communiste semble suspecte aux yeux de bien des alliés occidentaux. Bien informés sur les ressources financières et techniques des Soviétiques, les États-Unis se lancent dans une course aux armements en espérant essouffler et conduire à la ruine leur grand ennemi communiste. La tactique s'avère payante et contraint l'URSS à se désengager de conflits déjà trop coûteux, comme l'Afghanistan.

Le 11 mars 1985, Mikhaïl Gorbatchev remplace Konstantin Tchernenko à la tête de l'URSS. Il entame aussitôt un rapprochement avec l'Ouest. Une grande campagne de réformes est lancée. C'est l'occasion d'apprendre nos premiers mots de russe : « perestroïka » et « glasnost », autrement dit « restructuration » et « transparence ». Lorsqu'ils abordent des thèmes liés aux événements contemporains, nos professeurs d'histoire et géographie restent prudents : l'histoire est en marche, et nous sentons bien que quelque chose est en train de changer. Le Président au front orné d'une tache de vin acquiert un capital sympathie important, surtout auprès des jeunes que nous sommes. Le vent de liberté qui souffle en URSS semble dépasser les frontières.

Mikhaïl Gorbatchev, la dernière poupée d'un système.

L'apprenti sorcier

*À chacune des notes qu'il produit, nos tympans sont à la fête. Et si la musique est un langage, Michael Jackson parvient à le rendre universel. Les années 1980 font entrer le magicien dans tous les foyers du monde. Il s'impose très vite comme l'une des plus grandes stars du XX*e *siècle, et devient un véritable phénomène.*
*Sorti le 1*er *décembre 1982, l'album* Thriller, *produit par Quincy Jones, remporte un succès triomphal et se vend à plus d'un million d'exemplaires en à peine un mois. Il deviendra l'album le plus vendu de tous les temps : à ce jour, on estime qu'il s'en est écoulé plus de 100 millions d'exemplaires.*
Parfaitement en phase avec son époque, Michael Jackson donne au clip vidéo une portée internationale. Celui de la chanson « Thriller », d'une durée de quatorze minutes, truffé d'effets spéciaux très novateurs pour l'époque, sera le premier clip annoncé sur MTV comme une première mondiale. Très vite, un important cortège de fans attendra chacun de ses clips comme un événement musical et audiovisuel.
Mais l'homme n'est pas seulement un chanteur de talent au timbre de voix identifiable entre mille, c'est aussi un danseur hors pair qui enchante le public pendant ses concerts et immortalise certains pas

On ne peut pas dire que ça manque de conviction.

de danse, à l'instar du fameux Moon Walk. Sur scène, ses chorégraphies sont millimétrées et chaque chanson fait l'objet d'un tableau vivant, incorporant des éléments pyrotechniques et acrobatiques indissociables de l'univers de l'artiste. Le mythe est né. Et quand Michael Jackson s'implique dans une cause, qu'on apprécie ou non la manière, force est de reconnaître que les choses avancent.

Le 7 mars 1985, l'artiste co-écrit une chanson caritative avec Lionel Richie, We Are the World, *en vue de collecter des fonds pour lutter contre la famine en Éthiopie. Ils seront immédiatement rejoints par de nombreux artistes. Le single dépassera les 20 millions d'exemplaires vendus et permettra de récolter plus de 63 millions de dollars, reversés à l'aide humanitaire.*

Les colos

En 1973, les colonies ont été renommées « séjour en centre de vacances ou de loisirs ». Entre nous, nous continuons à les appeler « colos », peut-être pour les distinguer des centres aérés, ces lieux de loisirs sans hébergement qui n'offrent pas le même dépaysement. Les colos se distinguent aussi des classes de neige et des classes vertes, où nous retrouvons parfois sans plaisir nos enseignants.

En colo, nous sommes de nouveaux individus, ou presque : nous rencontrons des enfants qui ne partagent pas notre quotidien et sont issus de régions et de classes sociales différentes ; et nous découvrons des activités inédites comme l'équitation, le ski, la randonnée ou la musique. Dans ces nouvelles « écoles de la vie », le caractère ludique l'emporte sur l'aspect éducatif. C'est évidemment en colo qu'on fait ses premières bêtises, malgré la vigilance des moniteurs – premières cigarettes ou premières expériences sexuelles.

Pour les enfants qui n'ont pas connu la pension, la colo est l'occasion d'expérimenter pour la première fois les dortoirs et la vie en collectivité. Les moniteurs sont immédiatement tutoyés et considérés comme des grands frères ou sœurs. On teste d'ailleurs très vite leur autorité pour chercher les limites de la « camaraderie » intergénérationnelle.

Dans les années 1980, la fréquentation des centres de vacances tend à s'estomper : la diminution du temps de travail des adultes pousse les classes moyennes à privilégier les séjours en famille.

Livraison ensoleillée d'enfants en colo !

Avec Rosanna Arquette en 1985.

L'apprentie sorcière

Le sorcier Jackson a son pendant féminin : la Queen of Pop. Madonna acquiert une renommée internationale dès 1984 avec la sortie de son deuxième album, Like a Virgin, *qui se vendra à plus de 20 millions d'exemplaires dans le monde. Des milliers de fans la prendront pour modèle et adopteront son style vestimentaire.*
Elle profite de ses concerts, clips et interviews pour donner régulièrement sa vision de la religion, de la politique ou de la sexualité. Avec plus de 320 millions de disques vendus, elle est homologuée par le Livre Guinness des records *comme l'artiste féminine la plus populaire de tous les temps.*
Sur scène, elle n'a rien à envier à Michael Jackson : chaque chanson est l'occasion d'effectuer une performance de danse. Comme lui, elle apporte son soutien à diverses causes humanitaires. Comme lui, elle remporte un succès international à chaque nouveau titre sorti. Comment ne pas y voir une trace de sorcellerie ? Elle aussi semble posséder le secret de la pierre philosophale musicale…

Attention aux entorses…

L'émancipation musicale

« La musique, c'est du bruit qui pense », disait Victor Hugo. Avec les lois de libéralisation des radios, les stations FM explosent. C'est la naissance de NRJ, Skyrock, RFM, Fun radio… Les animateurs ont un ton neuf et irrévérencieux : nous les accueillons avec plaisir dans notre chambre. Grâce aux programmations musicales des radios, nous devenons de véritables DJ et des « producteurs non commerciaux » de compilations musicales. C'est le temps des cassettes audio et des enregistrements anxieux. Nous prenons très au sérieux notre rôle de « mixeurs », et nous nous dépêchons de couper l'enregistrement au moment où l'animateur se met à parler, pour caler et préparer l'enregistrement suivant.

Parallèlement, l'univers du disque connaît une révolution : le Compact Disc (CD) s'apprête à remplacer très rapidement nos vinyles et ceux de nos parents. Les premières chaînes laser font leur entrée dans les salons. Mais la liberté musicale, c'est aussi la liberté de style : world music, pop, reggae, ska, disco, new wave, house, acid, new beat, trance... Toutes les musiques cohabitent et bouleversent les habitudes esthétiques.

Le début des années 1980 installe ce melting pot musical sur les ondes, mais pas seulement celles de la radio : la télévision n'est pas en reste. En décembre 1984, TF1 lance la première émission au monde entièrement dédiée au hip-hop, sobrement baptisée « H.I.P.-H.O.P. », présentée par l'animateur, musicien et DJ Sidney. Les radios réagissent, notamment Skyrock, en investissant le domaine du rap. Les allers et retours sont permanents entre radios et chaînes de télévision, dont certaines n'hésitent pas à s'associer. Le Top 50, qui classe les meilleures ventes de disques, sera ainsi le produit des efforts conjugués d'Europe 1 et de la nouvelle chaîne Canal+.

La musique est en pleine mutation ; nous aussi. Nous voulons vivre ces moments d'ivresse musicale ensemble. En septembre 1983, la première discothèque à durée limitée, Les 120 Nuits, ouvre à Paris. Nous sommes encore mineurs et interdits de boîtes de nuit, mais nous commençons à fabriquer de fausses cartes scolaires ou à sortir avec nos aînés pour profiter des pistes de danse. Les plus artistiquement rebelles d'entre nous décochent leurs bombes à couleurs pour inscrire sur les murs leurs messages issus des cultures rap, hip-hop, breakdance... C'est le temps des premiers graffitis.

Alain Bashung aussi a son fan-club.

1987-1990

Les bases du XXIe siècle

Les vacances entre amis : une joie atemporelle.

En attendant Facebook…

Alors que nous sommes au lycée, le monde prépare déjà son entrée dans le XXIe siècle. Les guerres sont reproduites sur des écrans d'ordinateur ou vécues en direct à la télévision, le Minitel ouvre la voie à Internet, qui entamera sa révolution dans la décennie suivante. Bravant les foudres de nos parents et faisant la joie des Télécoms, nous passons des heures au téléphone pour nous raconter tout et n'importe quoi, en attendant les futurs « tchats » sur le Web et les forfaits miraculeux des téléphones portables.

Chronologie

24 mars 1987
Début de la construction du parc d'attraction Eurodisney.

3 mai 1987
Dalida se suicide dans sa maison de Montmartre, à Paris.

11 mai 1987
Ouverture du procès de Klaus Barbie, ancien chef de la Gestapo de Lyon, qui sera condamné à la réclusion criminelle à perpétuité.

4 mai 1988
Libération des trois otages français Marcel Carton, Marcel Fontaine et Jean-Paul Kauffmann, après plus de 1 000 jours de captivité au Liban.

8 mai 1988
François Mitterrand est réélu à la présidence de la République.

27 juin 1988
Un grave accident ferroviaire survenu dans la gare de Lyon, à Paris, fait 56 morts et 55 blessés.

6 novembre 1988
En Nouvelle-Calédonie, le « oui » l'emporte au référendum sur l'autodétermination.

1989
Inauguration de la pyramide du Louvre et de l'opéra Bastille, à Paris.

14 février 1989
L'ayatollah Khomeiny lance une fatwa contre l'écrivain britannique Salman Rushdie pour ses *Versets sataniques*, jugés blasphématoires.

4 juin 1989
La révolte des étudiants sur la place Tiananmen, à Pékin, est sévèrement réprimée par l'armée. La télévision retransmet l'image d'un étudiant faisant barrage à un char.

6 octobre 1989
Affaire des foulards islamiques : deux élèves musulmanes sont exclues de leur collège de Creil (Oise) parce qu'elles refusent d'enlever leur voile.

9 novembre 1989
Chute du mur de Berlin.

25 décembre 1989
En Roumanie, le dictateur Nicolae Ceausescu et son épouse sont exécutés après un procès expéditif.

2 août 1990
Les troupes irakiennes de Saddam Hussein envahissent le Koweït.

Flambant neuf, l'opéra Bastille en 1991.

Nous nous gavons d'émissions et de séries télévisées. Nous passons nos week-ends en boîte de nuit ou dans des festivals de musique. Nous accueillons les innovations technologiques presque sans surprise. Sans être blasés, nous avons désormais l'habitude de voir les choses changer vite, et supportons de moins en moins l'inertie. Nous changeons de petit(e) ami(e) comme de mouchoir. Sans en être forcément conscients, nous profitons de certains acquis de nos parents pour vivre une sexualité débridée (mais avec le spectre du sida), une homosexualité mieux assumée, et des soirées lycéennes où les « pétards » tournent sans que personne n'y trouve à redire.

Notre génération s'avère nettement plus métissée que celles qui nous précèdent. Les origines se mêlent dans les cours de récréation des grandes villes, qui semblent préservées du racisme. Pourtant, les banlieues commencent à gronder, de même que certaines zones industrielles. Les mouvements d'extrême droite, et en particulier le Front national, surfent allègrement sur la vague du rejet de l'autre. Pour combattre ces phénomènes, plusieurs associations se créent, comme le Mrap ou SOS Racisme.

Le Minitel, fleuron de la technologie française.

Noir, c'est noir

Le 19 octobre 1987, juste après une forte hausse des taux d'intérêt à long terme, les marchés d'actions connaissent une baisse spectaculaire. Le krach boursier vaudra à cette journée le surnom de « Lundi noir », d'après l'angoissant « Jeudi noir » de 1929 qui avait mené à la Grande Dépression aux États-Unis.

À Wall Street, le Dow Jones chute de 508 points en une journée : les actionnaires paniquent et se ruent sur le dollar. Les grandes places financières européennes seront rapidement contaminées. Plusieurs critères économiques expliquent ce phénomène : les fluctuations du dollar, les mécanismes d'immunisation des portefeuilles et les systèmes automatiques d'achat et de vente d'actions.

Contrairement à celui de 1929, le krach de 1987 ne sera pas suivi d'une crise économique. Tandis que les taux d'intérêt à long terme s'effondrent, les marchés d'actions redémarrent progressivement. Sous l'impulsion du Congrès américain, des coupe-circuits sont mis en place pour bloquer, à l'avenir, les négociations sur des titres qui augmentent ou baissent brutalement.

Mais la leçon de cette crise est ailleurs. Après avoir vainement tenté de bloquer le dollar, les gouvernements ne peuvent qu'admettre leur impuissance face aux marchés. Plus encore, le krach révèle l'interdépendance des marchés financiers. Le spectre d'un chaos boursier généralisé n'est plus une hypothèse d'école.

Réparer un avion avec un chewing-gum ? C'est comme si c'était fait.

Quand je serai grand, je serai adolescent !

Nombre d'enfants de 1972 partagent un étrange point commun : ils adorent se dandiner sur un remix du générique de « Capitaine Flam » ou regarder, les yeux pleins de nostalgie, d'anciens épisodes de « Goldorak ». Pour saisir cette résurgence bizarre et tenace de l'adolescence, il faut remonter dans l'histoire, et plus précisément au 2 septembre 1987, le jour où le « Club Dorothée » arrive sur TF1.

Le phénomène prendra une telle ampleur que, sur le temps total d'émission hebdomadaire, l'animatrice occupera une trentaine d'heures. La présentatrice vedette et ses acolytes aux noms légendaires – Ariane, Corbier, Jacky et Patrick – réaliseront des taux d'audience historiques. L'émission diffuse une avalanche de dessins animés mythiques, qui peupleront nos dernières années de collège et de lycée : « Candy », « Juliette je t'aime », « Dragon Ball », « Les Chevaliers du Zodiaque », « Olive et Tom »... C'est aussi le moment des premières sitcoms françaises, avec « Salut les musclés », « Premiers baisers » ou « Hélène et les garçons »...

Mais TF1 n'est pas la seule chaîne à remporter notre adhésion. La Cinq, créée en 1986, diffuse elle aussi des séries sur lesquelles nous nous jetons dès notre retour du lycée, comme « Supercoptère » ou « K2000 » ; mais

également des émissions populaires que nous regardons le soir en famille, comme le « Collaricocoshow » de Stéphane Collaro. C'est aussi le temps de « MacGyver », de « 21 Jump Street » avec les premières apparitions de Johnny Depp, ou encore du « Renard » et de « Tatort », concurrents de « Derrick », que nous regardons parfois avec nos aïeux pour leur faire plaisir. Si cette génération grandit à reculons, elle a du cœur !

Stéphane Collaro, héros du « Collaricocoshow ».

Kif kif costo

Alors qu'on commence à parler de « génération pub », l'émission « Culture pub » est lancée sur M6 le 1er mars 1987. Elle a pour but de décrypter les spots et de retracer l'histoire de la publicité. Après le succès des Nuits des publivores lancées au début des années 1980, nous avons désormais un autre rendez-vous culturel avec la publicité.
En quelques minutes, un panorama amusant et captivant de la diversité mondiale en matière de publicité nous est présenté. Mais l'internationalisme publicitaire ne fait que commencer. En juin 1990, l'agence Lintas relance la marque de lessive OMO grâce à une publicité très efficace, qui fait intervenir un couple de singes dont les paroles sont inintelligibles, mais qui se fait parfaitement comprendre grâce aux images et au contexte. Le fameux slogan « Tutti rikiki maousse costo » est lancé. La publicité s'exportera dans de nombreux pays, grâce à une adaptation linguistique et culturelle des termes incompréhensibles utilisés par les singes vedettes.
Les termes « mondialisation » et « village global » reviennent de plus en plus fréquemment dans les conversations. Le développement d'Internet, bien qu'encore timide, et la multiplication des séries américaines et européennes y sont sans doute pour quelque chose. Les publicitaires et les marques, à l'instar de Coca-Cola, Nike ou HP, peuvent désormais produire des spots internationaux, accessibles à tous et compréhensibles par tous.

Vous reprendrez bien un peu de guerre ?

En 1988 s'achève la première guerre du Golfe, qui a opposé l'Iran à l'Irak durant huit ans. Mais nous serons surtout marqués par la deuxième guerre du Golfe, rapidement rebaptisée « guerre du Koweït », qui éclate en 1990. Saddam Hussein défie l'Occident : la France, appartenant à la coalition de trente-quatre États soutenue par l'ONU, entre en guerre. Pour nous, la nouvelle résonne de manière particulièrement étrange. Bien sûr, ce n'est pas le premier conflit dont nous entendons parler, mais c'est la première fois que nous nous sentons impliqués. Les cours de récréation du lycée bruissent de débats sur la guerre, ce mot qui nous semblait appartenir aux livres d'histoire.

Certains Français commencent déjà à faire des provisions d'essence ou de nourriture. L'attitude des adultes nous semble excessive tant la guerre paraît lointaine. Notre génération n'a connu que la paix sur ses terres et, après les dernières décolonisations, la perspective d'un retour plus de trente ans en arrière n'est pas imaginable. La guerre, que nos professeurs nous présentaient depuis toujours comme un événement tragique, se révèle

L'armée ne laisse filtrer que très peu d'images.

être pour nous un spectacle télévisé, où les avancées technologiques et électroniques des pays de la coalition sont démontrées en couleurs. Quelques images de bombardements, de la fumée noire et des puits de pétrole inextinguibles, des expressions militaires devenues populaires comme le « bouclier » puis la « tempête du désert »... Puis on éteint son écran de télévision, et la guerre semble ne plus exister.

C'est encore l'époque des grandes familles.

Moi aussi, je veux faire le mur !

Dans la nuit du 9 au 10 novembre 1989, le mur de Berlin est symboliquement renversé par des milliers d'Allemands de l'Est et de l'Ouest. Depuis notre salon, nous assistons en direct à la grande fête improvisée : une page d'histoire se tourne devant nos yeux. C'est la fin symbolique de la guerre froide opposant le camp occidental au camp soviétique. « Mur de la honte », « Rideau de fer »... Ces expressions partent en fumée, ou en musique grâce à Mstislav Rostropovitch qui fête à sa manière la chute du Mur en jouant du Bach sur son violoncelle, devant le Checkpoint Charlie à Berlin.

L'Europe schizophrène retrouve peu à peu une identité commune. L'affaiblissement de l'Union soviétique, la perestroïka conduite par Mikhaïl Gorbatchev et le mécontentement du peuple d'Allemagne de l'Est ont eu raison d'une construction de béton, de barbelés et de grillages...

Sur le livre de béton, une page d'histoire se tourne...

Il est temps pour l'Allemagne de construire la réunification. Celle-ci devient effective le 3 octobre 1990, lorsque les cinq Länder de feu la République démocratique allemande (RDA) sont rattachés officiellement à la République fédérale d'Allemagne (RFA). Berlin récupère son statut de capitale de la nouvelle Allemagne, le Mark devient monnaie commune.

Cette réunification n'est pas sans susciter des inquiétudes chez certains Occidentaux. Si les États-Unis la voient d'un plutôt bon œil, la France et la Pologne, notamment, ne cachent pas leurs craintes. La seconde guerre mondiale est toujours présente dans les esprits. Mais l'Allemagne d'Helmut Kohl

... et une page artistique s'ouvre.

« La Petite Maison dans la prairie », c'est encore mieux en vrai.

n'est ni l'Allemagne de Bismarck, ni celle de Hitler : c'est une Allemagne pacifique et heureuse de retrouver ses racines et son identité.

Le 14 novembre 1990, un traité fixe définitivement la frontière du nouvel État germanique à la ligne Oder-Neisse. L'Europe est rassurée. Pour nous, lycéens, bientôt étudiants, c'est aussi une invitation à la découverte de notre voisin. L'Allemagne ne nous fait plus peur, elle nous intrigue. Certains profiteront de leurs vacances d'été pour aller voir de leurs yeux les vestiges de l'histoire d'une nation jadis déchirée, et chercher les restes du Mur qui n'ont pas encore été détruits ni vendus !

Libérez Nelson Mandela !

Le 11 février 1990, Nelson Mandela est libéré. Le système inique de ségrégation raciale en Afrique du Sud vit ses derniers jours. L'effondrement de l'apartheid remet au jour les contradictions d'Occidentaux souvent complices de ce régime.

L'arrestation de Nelson Mandela, en 1962, s'était ainsi opérée avec le concours de la CIA, qui avait échangé des informations sur l'activiste contre la libération d'un de ses agents, emprisonné en Afrique du Sud. Les Américains avaient alors peu de scrupules : Mandela était perçu comme un terroriste et un communiste, et il s'agissait avant tout, en pleine guerre froide, de soigner les intérêts occidentaux – l'Afrique du Sud étant un pays riche en métaux et minéraux qu'il valait mieux conserver comme allié.

Pendant que les populations noires étaient expulsées de leurs terres, Nelson Mandela purgeait dix-huit années (sur vingt-sept au

total) d'emprisonnement et de travaux forcés dans l'île-prison de Robben Island, rebaptisée par les prisonniers « l'université Mandela » en hommage à son apport culturel.
En 1988, un concert gigantesque, retransmis dans 67 pays et suivi par 600 millions de téléspectateurs, est organisé à Wembley pour soutenir Mandela et dénoncer l'apartheid. Le régime se fissure : Mandela finira par obtenir la liberté. Plus tard, l'apartheid sera officiellement aboli, et Mandela élu président de la République d'Afrique du Sud lors des premières élections non raciales de l'histoire du pays.

Deux jours après sa libération, Nelson Mandela et son épouse dans le stade de football de Soweto.

Drôles d'époque

Ils sont Nuls ou Inconnus, parfois même des Guignols, et ils mettent nos zygomatiques à rude épreuve. Les comiques de cette fin de décennie marquent un tournant dans l'histoire de l'humour français. Qu'ils officient seuls ou à plusieurs, ils sont très représentatifs de cette époque où la liberté de ton est quasiment totale. Bien des tabous se voient biffés d'un trait d'esprit, et personne ou presque ne songe à s'en indigner.

Si Coluche meurt en 1986 dans un accident de moto, la France orpheline possède encore des munitions de drôlerie. Dès 1987, le « JTN » (journal télévisé nul) est lancé, avec ses fausses publicités, sa météo décalée et son quatuor infernal qui démarre toujours par le mémorable « Bonsoir, je suis Alain Chabat. Bonsoir, je suis Chantal Lauby. Bonsoir, je suis Bruno Carette. Bonsoir, je suis Dominique Farrugia. » Un an plus tard naissent « Les Arènes de l'info », qui deviendront très vite « Les Guignols de l'info ». « Nulle part

Qui n'a jamais imité l'imitateur de P.P.D.A. ?

ailleurs », l'émission de Canal+ à laquelle ils sont rattachés, devient un phénomène de société auquel les frasques d'un Antoine de Caunes puis d'un Édouard Baer ne sont pas étrangères.

Deux nouvelles morts viennent alors endeuiller le monde de l'humour : Pierre Desproges en 1988, puis Bruno Carette en 1989. La décennie s'achève avec l'avènement de nouveaux comiques comme Muriel Robin et Pierre Palmade, ou encore Les Inconnus. Notre génération peut parfaitement résumer ses dix-huit premières années d'existence à partir des sketchs de ces troubadours modernes, qui passent à la moulinette nos mauvais côtés, nos contradictions, nos excès… En un mot, les travers de notre existence. Rien d'étonnant à ce que nous les adulions : pour une génération qui aime être vue et provoquée, rien n'est plus flatteur qu'un miroir – dusse-t-il refléter nos imperfections !

Demain, c'est philo !

Au lycée, on approche brutalement de l'âge qui va nous faire basculer de l'enfance à l'âge adulte. 18 ans ! On va pouvoir enfin faire ce qui nous plaît. Voter, conduire… prétendre aux mêmes droits que nos parents. Et puis, on continue de nourrir les fantasmes de nos prédécesseurs : « Avant 21 ans, tes parents ne peuvent pas te chasser de la maison, ils sont encore obligés de t'entretenir ! » On ne vérifie pas la source de cette information, mais on s'en souvient pour essayer de rendre moins brutal notre passage à la majorité.

À cet âge-là, on ignore encore qu'on restera peut-être chez ses parents pendant un long moment... Est-ce pour gagner sa place dans le foyer que l'on révise dans les dernières semaines avant le bac ? Non, bien sûr, c'est pour rattraper le temps perdu et être certain d'aborder les sujets sur lesquels il nous faudra plancher. « Cette année, c'est le Japon, c'est sûr ! », « Sans doute l'agriculture de l'URSS, ça fait cinq ans que ce n'est pas tombé... »

Les rumeurs vont bon train, mais Internet n'a pas encore l'importance qu'on lui connaît aujourd'hui, et les fuites ont une dimension aussi locale que farfelue. Pendant les révisions, certains achètent des livres spécialisés avec des pages de révision, d'autres se font des fiches dans les ouvrages scolaires, d'autres encore calculent les points qu'il leur faudra acquérir au rattrapage.

Quel que soit le cas de figure, on prend encore cet examen pour une véritable transition. On nous dit que le bac est donné à tout le monde, mais cela ne nous rassure pas : il ne manquerait plus qu'il soit donné à tout le monde sauf à nous ! Il nous angoisse presque plus que la suite, inscrits que nous sommes à l'université ou dans une école...

Nous ne savons pas bien de quoi l'avenir sera fait, mais l'essentiel n'est pas là. Quelque chose va disparaître pour de bon avec la fin du lycée : la vie et l'apprentissage en commun auxquels nous étions habitués depuis l'école primaire. Un cycle s'achève. On croque dans sa barre de céréales et on quitte ces pensées nostalgiques. Demain, c'est philo !

Nous aussi, nous fêtons le bicentenaire de la Révolution française.

Souvenez-vous de vos **premières années...**

Nous, les **enfants** de...

54 titres, **de 1929 à 1982**, sont **déjà disponibles !**

Grandir à...

Notre ville d'origine est unique au monde !

Avec cette nouvelle collection, **retrouvez votre enfance et votre adolescence** dans le lieu qui vous a vu grandir.

De nombreux autres titres sont en préparation.
Pour plus d'informations, retrouvez-nous sur notre site : **www.editions-wartberg.com**

Éditions Wartberg
40, rue de l'Échiquier
75010 Paris

Diffusion – Distribution SOFEDIS
11, rue Soufflot,
75005 Paris
Tél. 01.53.10.25.25, Fax 01.53.10.25.26